KB142337

가상 ☀ 나라
현실을벗어

김효태＊시집

도서
출판 명성서림

[호주 오페라하우스 앞에서]

[보금자리 = 짝가 ♥ 아내 김증선]

제1부

시에 선율을 더하다

제2부

참회의 길목에 서서

제1부

시에 선율을 더하다

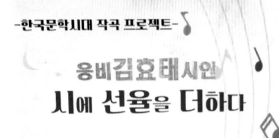

아름다운 꿈이여 [가곡]

■작곡 이수홍

-서울대 음대 전체 수석 입학 및 졸업
-백석대학교 작곡과 석사 및 음악학 박사과정
-영화 '피아노 치는 남자', '그대 어이가리',
　　 '에덴의 남쪽', '영덕' 음악감독
-연극 '우국이세훈민정음',
-뮤지컬 '가족의 정석', '콜랭109' 작곡
-현 ·한국 작곡가회 이사
-칸토 작곡스튜디오 대표

■첼로 김현실

-목원대학교 음대 전체 수석입학 및 졸업
-독 베를린국립음대 석사 및 최고과정 졸업
-미국 인디애나 음대 박사과정 수학
-대전시향 및 다수의 국내외 교향악단과 협연
-현 올댓첼로앙상블 대표, 공주교대 출강

■메조소프라노 김하늘

-한예종 성악과 수석 입학 및 졸업
-독 뉘른베르 국립음대 Diploma 최고학점 졸업
-국립오페라단 등 다수 오페라단 주조연
-현 전북대학교 출강

■아름다운 꿈이여

한~ 세상 꿈을 가꾸고 살아가는
풍진 세월의 질곡도
바람이 빗질을 하고 가면
마법인 빛살의 무늬로
풀잎 위의 은방울 기침도
낙엽의 발자국 소리도
님을 부르는 마천루에서
별들이 하늘에 춤을 추듯
아~ 아름다운 꿈의 밀어로
손에 손을 마주 잡고서
사랑 노래 부르리라, 부르리라 ~

붉은 와인에 취한 천사 노을도
바다에 자맥질하면
둥근 달은 님의 창가에
베개 위에서 서성이니
고무풍선을 안고 있는
그대의 부픈 가슴속에
천국과 지옥을 오고 가는
월계수와 꽃들이 피듯이
아~ 아름다운 꿈의 밀어로
손에 손을 마주 잡고서
사랑 노래 부르리라, 부르리라 ~

■김효태

-국가유공자
-시집 『삶의 언덕에 꽃등이 켜질 때』 외 10권
-현 (사)세계문인협회 부이사장
　　 아태문화예술총연합회 자문위원장
-수상: 대한민국예술문학 세계대상 외 23회 수상

아름다운 꿈이여

작사 **김효태** 작곡 **이수홍** 노래 **메조소프라노 김하늘**

진 세 월 의 질 곡 도 바 - 람 이 빗 - 질 을 하 고 가 - 면

마 법 인 빛 살 무 늬 로 풀 잎 위 은 방 울 기 침 도 낙 엽

의 발 자 국 소 리 도 님 부 르 는 마 천 루 예 서 - 별 들 이 하 늘 에 춤 추 듯 아 -

11

오 부 ─ 르 ─ 리 라　　　붉 은 　와 인

에　　취　한 천 사 노 을 도　　바 ─

다 에 자 맥 질 하 면　동 ─ 근 ─ 달 ─ 은　닝 의 창 ─ 가 ─ 에

월계수 와　　꽃 — 들이 피 — — 듯

이　　　— 아 름 다 운

아 름 다 운 꿈 의 밀 어 로　　　— 손 에

15

등롱처럼 살라하네

김효태 작시. 노정숙 작곡

지리멸렬한 세파의 속에는
처음부터 길은 없었느니라
새길을 만들면서 개척하네
기다릴 줄 아는 사람들은
세속의 현자이기도 하니까

천상 계단을 오르는 마음은
세상에 풍경이 몰입되어서
쉼 없이 달려온 지난 세월도
마음을 주고 정을 주는 것은
삶의 옹이 우려내지 못하듯

가슴에 평화를 심는 심연으로
계절의 언어들이 낙엽빛깔에
새겨두고 푼 등롱으로 살라하네

등롱처럼 살라하네

김효내詩 노정숙曲

지리 - 멸렬한 세파의 - 속에는 처음부터길 은 없었느니라

새 길을 - 만들면 - 서 개 척 하 - 네

기다릴줄아 는 사람들 - 은 세속의현자이기 도 - 하니까

천상계단을 오르는마음은 세상에풍 경이 몰입되어서 쉼없이달려온 지난 - 세월도

마음을주고정을 주는것 - 은 삶 - 의웅 - - - - 이 우려내지못 - 하 듯

가 - 슴 - 에 평 - 화를심 - 는 심 - 연으 - 로

계 절 - 의 언 어들 - 이 낙 엽빛깔 - 에 새겨두고픈 등 롱으 - 로

살 - 라 - - 네

천천향 天泉香

김효태 작시. 노정숙 작곡

눈물에도 향기와 꿈이 있다네
풀잎의 미소와 그 숨소리에서
삶이 회한이 가슴을 칠, 때에는
통제할 수 없는 사랑 사무치네

내가 세상에 처음 태어나올 때
삶의 걸음을 노래하듯 울었다

남자는 말 없이 가슴으로 울고
여자는 눈물로 호소를 한다네

내 영혼 씻어주는 묘약이라네
내~~~ 영혼 묘약이라오

천천향(天泉香)

♩=80 부드럽게

김효태 詩 노성숙 曲

눈물에도 향기와 꿈이 있다네 꽃잎의- 미소와그 숨소리에서
사랑의- 눈물은 멈출듯말듯 에 고없는 파문을깃 발- 올리며

삶 의 회한이 가 슴을 칠 - - - 때 에 - 는 통 제 할
때 - 로 - 는 후 회 의 가 슴앓- 이할 때 송 골 송

수 없 - 는 - 사 - 랑 사 무 치 네 내 가
골 맺 - 힌 - 이 - 슬 방 울 치 럼 안 개

세 상 에 처 음 태 어 나 올 때
스 치 는 몸 짓 으 로 흔 들 고

삶 의 걸 음 을 - 노 래 하 듯 울 - 었 다
그 러 나 눈 물 은 기 쁨 과 슬 품 을

남 자 는 - 말 - 없 이 가 슴 으 로 울 - - 고
구 도 자 의 해 - 맑 은 생 명 수 처 - -

여 자 는 - 눈 물 로 호 소 를 한 - 다 - 네

D.S.

1.

럼 내 - 영 혼 씻 - 어 - 주 - 는 묘 약 이 라

2.

네 내 - - 묘 약 이 - 라 오 -

20 가상 현실을벗어 나라

고향별곡

김효태 작시. 노정숙 작곡

황금빛 물빛이 반작이면
금강은 젖과 꿀이 흐르고
내 고향 산천에 봄이 오면
사랑이 불꽃 튀던 그 연민도
그대 안에 빛난 눈동자 속에
꿈을 안은 구곡간장에서
그리움만이 사모 치는구나.

꽃동산에서 님은 먼곳에
달빛 타고 오는가?
추억만이 무지개 꽃으로
가슴에 피고 지고 우는가
가슴속에 피고 지고 우는가

고향별곡

김효태 詩
노정숙 曲

서정적으로

황금 빛 물빛이 반짝이-면 금강 은젖과꿀이 흐-르-고
자운 영 꽃들판 뛰어놀-며 어깨 동-무하던 옛-친구들

내 고향산천 에 - - 봄 이오 - - 면
뒤 돌아보면 지난 세월-도 정 든고향하 늘

사랑 이불꽃튀던 그- 연민도 그대 안에 빛난 눈동 자속에

꿈 을안-은 구-곡-간-장-에서 그리움 만이 사모-

치 는구 나 D.C. 꽃동 산에 서 님은먼 -곳-에 -

달 빛타-고- 오 는가 추억 만이무지개 꽃 으로

가 -슴-에 피 고-지고 피고지고 지우는 가

가 슴속-에 피고지고 지-우 는 가

들꽃공주

김효태 작시. 김호진 작곡. 황진영 편곡

무심천에 가슴으로 피는
들꽃들 군무의 향미는
내 영혼에 활기를 불어넣어서
미풍과 손잡고 나래 치는
그대의 숨소리를 품고
사랑이 메아리치는
당신의 숨결은 화신인가?
꿀단지처럼 들꽃공주의 심장산실로
사랑이 머무는 곳에
당신은 침어낙안일세.

모진 세월에도 꺾이지 않고
빛의 선율로 비파를 치는
그대는 몽환구름 그네를 타고
세월의 번뇌를 넘고 넘어서
우주만상에 축복을 하노라
우주만상에 축복을 하노라

들꽃 공주

Maestoso ♩ = 84

김효태 작사 김호진 작곡 황진영 편곡

16
무심천 에 가슴으로 피는 들꽃들 군무의 향 미는
그대 향기 품 안에 품 고서 전설처럼 노래를 하 는

20
내 영혼 에 향기를 불어 넣어서 미풍과 손 잡고
내 가슴 애 비파 소리 운 율 은 그대의 입 술

24
나 래 치는 그대의 숨 소리를 품고

28
사 랑 이 메아리 치는 당신의 순결은 화신인가

32
꿀 단지 처럼 들꽃 공주의 심장 산 실로

조물주는 거품이다

조선왕조실록에 나오는
설공산처럼 ~~~
삶이란 무희이고
이승 저승으로 가는
설화로 꽃만 핀다

천상화의 환상처럼
무심천의 불꽃들도
눈빛이 반짝거리니
인생의 통장에 간직하라

비누의 거품처럼
인생은 허무한 생물이다
미련을 버리고
영혼의 자성이 필요하다

가을도 낙엽은 지지만
새봄이 오면 새순이 돋는다
한~번뿐인 우리네 인생
자신을 사랑하여라

천국의 계단

천궁天宮의 문門은 비좁고
지옥문地獄門 열려 있다
천국의 마천루로
사랑의 밧줄을 타는 솟대들이
천국天國의 나무
계단으로 올라가다 보면
인연과 사랑의 열매가
마디마디마다 스치는 행복도
빛을 발하는
비룡飛龍의 꿈을 줍니다

상호동행上戶同行이란 것은
언제나 축복만이 가득 하느니
누군가에 대해서 빛이 된다면
하늘에 핀 (天上花)가 있듯
천상의 계단을 올라가서
마음에 핀 천리향을 품어보라

제2부

참회의 길목에 서서

[베트남 다낭 / 호이안 여행시]

삶은 마술사

삶의 쉼터에서
기다리는 님은 오지 않고
봄비만 주룩주룩 내리는
창가에 앉아서
비상하는 용의 꿈을 꾸듯
화염을 토하는 그리움만
안갯속 터널을 건너가는가?

밤바다에 그림자 밟고 서서 보니
달과 은하수가 수놓는 무수리들
오징어 잡는 어선의 등불 속에
설렘의 기대가 가득한 미소의 꽃
힐링하는 마음은 노을이 되어서

세상을 붙잡고 매달리고 싶은
지난날 추억들 그냥 지나가니
가슴이 허탈한 한숨의 소리일까?
인생 시계는 한번 멈추면 욕망도
영혼도 소멸, 되는 마법일 뿐이다

꿈夢

인간의 관계란
무엇보다도
마음이 담기면
소
중
한
인연이 된다

새벽의 창에
꿈을 꾸면 황당하지만
기도하면 꿈을 이룬다

삶의 좌충우돌도
영육이 하나가 되는
일심동체가 된다

내 ~ 아내

눈빛만 보아도
당신과 난
거울에 비친 모습처럼
마음을 읽고 공감하며

당신의 체취를 느낄 때
숨결의 박동이 고동친다
흠모하는 마음, 주고 싶은 마음

당신은
보이지 않는 그림자
하나의 분신이 되고
때로는 동반자가 되리

당신은 나의 등대요, 횃불이요
행복의 꿈이요, 희망이란 걸
부디 잊지 마시구려

고운 정, 미운 정 다

가슴에 새기고 담고서

당신을 사랑하오

이 지구상 끝까지 함께 하리~

* ➤ 시-낭송으로 『유튜브 방송』이 되고 있음

봄이 오는 길목

봄의 전령사를 맞이할 때는
신호음의 창문을 열면
사랑이 아침 햇살처럼
봄이 미소를 지을 때마다

봄을 손짓하는 폭포수가
몸을 던져 잠을 깨우니
꽃망울이 주렁주렁한
꽃봉오리가 꽃이 필 때

산장의 폭포는 봄아, 봄아 ~
고드름 타고 어서 오라고 할 때
호수의 얼음장 밑에서는
물고기가 순례 잡기를 하니

봄기운을 머금고 온 새색시
홍매화가 미소를 지으며
희망의 꽃마차를 탈 때
가슴이 두근두근 설렘이 넘친다.

참회의 길목에 서서

환상과 절망 넘나드는 파라다이스
야수로 헤매는 그림자 손님
빛바랜 바람의 구멍 사이로
영혼의 옷자락만 나폴 대며
삶의 굴곡진 언저리를 돌고 돈다.

우리 인연의 통장 속에
마음의 덕을 쌓아가듯
무명초의 새싹들처럼
꽃도 말없이 피고 지는데
숙명도 무아지경 속에 맴돈다

얼룩진 시간의 행간 사이에서
삶의 조각들 솜털 같은 숨결 속에
율동하는 떨림의 홀씨 미소는
한~ 줄기의 바람에 자유를 …

우리들의 카톡방에는 지인도 많지만
진실한 동행자는 과연 몇이나 될까?
그저 스쳐 가는 사람들만 가득하다.

운명의 굴레

세상은 무아지경 속의 절묘한 것
삶은 달라도 행복은 달콤하니
봄 향기 고운 인연에 감사하며 살자

추억의 나이테도
즐거움도 바람으로 지나간다
마음의 텅 빈 질그릇에도
미소가 묘약이 됩니다

한~ 시대를 풍미한 고언도
세상에서 가장 어려운 수수께끼는
가장 아름다운 마음의 심지 꽃
빛 좋은 개살구보다
가장 배고픈 것은 보릿고개였지…
영혼의 쉼터 삶의 빛과 그림자 속에
빈~ 여백에 여운을 긋는다

기다림은 기쁨, 내일을 재충전하되
절제와 배, 고픈 것도
그리움도 미움도 한, 순간 숨 쉬는
삶의 양식 고마운 품계인 것을 … …!

연인戀人

사랑을 계산하는 것은
마귀魔鬼의 몸통이다

사랑을 구걸하는 것은
주술사의 소원이다

사랑 앞에 선 자존심은
빈~ 조개껍데기다
참
사
랑
수정 같은 화신으로
영혼의 반딧불이가 공감할 때
목마를 탄 왕자의 춘몽으로
몸과 마음 쉬게 하는 복음자리
눈동자의 별빛 속에
신의 경지가 바친 자화상일까?

마음은 공유자 시이속역*

초심은 인연이고 본심은 기준이며
관심은 사랑이고 무심은 방조자로
단심은 절교자, 방심은 불행 초래하고
분심分心은 마귀의 몸통이다.

인생이란 신호등은
하루가 햇살로 빛나기를 기원할 때
마음이란 자신은
몸과 정신을 지배하기 때문이다.

부정적 바이러스는 생사의 저주자
『자살』이란 단어를 반대로 보면
『살자』라는 글자가 되는 것처럼 …

천국과 지옥을 오르내리며
산다는 것의 가변수는
삶의 리듬인 행복추구권입니다.

인연은 마음속에 가득 채울 수 있는
영원무궁한 보석으로 스치듯
마음 안에 담아두는 것은
아름다운 영혼의 길상이다.

✽ 시이속역(時移俗易)▶ 시간이 지나고 풍속이 변한다는 뜻으로, 세월이 흐
르면 자연히 풍속도 바뀌어 지난날의 모습이 없어
짐을 이르는 말

촛불

촛불 앞에서 주술을 엮는 기도여~
서로의 가슴에 영혼을 심는 심지
생일엔 사랑의 미소 꽃으로
이별엔 연민의 얼굴 꽃으로
죽음엔 영혼 보내는 반딧불이 되어
가슴속에 천하를 합장하는 미소로
두고두고 음미할 수 있는 불꽃이여

그리움과 분노의 가슴에 피는 불꽃
자신을 살신성인 모닥불로 태워서
만인의 등불로 초석이 된 촛농도
희비喜悲의 교차를 시키는 선각자
인생의 행과 불행의 씨앗으로
촛불은 빛과 그림자로 공존하며
지옥과 천당을 가는 영혼의 쉼터
서로가 놓고 싶지 않은 자석처럼
아름다운 환몽幻夢의 횃불인 것을~

불새꽃*

세상만사를 모닥불로 지피는
사랑만이 기적의 명약이다
미소는 면역제로 활력을 주고
과거는 춘몽의 유산이고
현재는 삶이며 내일은 꿈이다

세상 구경은 부모님이 주셨지만
세상 하직은 자신의 소명으로
평정심은 자유의 여신상이다

마음 깊은 곳에는 불새꽃으로
태양처럼 떠, 오르는 임이여~
사랑의 깊이를 가늠할 수 있는
그대와 나 마음속에 손잡고 있는

세월도 쉬지 않고 등 떠밀려도
동경과 사랑이란 걸 처음처럼
당신의 어깨 위에 기대듯
평화의 종소리가 울려 퍼지기를…

* 불새꽃 [꽃말]→ 希望〈원산지 남아프리카〉
  [불새]=고대 이집트의 신화에 나오는 상상의 새

조화의 여신

갈대는 바람의 빗질을 받고
피리를 부르니
풀잎은 영롱한 이슬 거울에
몸담아 안주하고
무지개는 햇살의 조명받아
꽃이 피고 지는데 …

인연은 거미줄에 얽힌
세상에 머물러 살고
삼라만상은
안개 속에서 일깨워주는
사랑과 행복이 넘치는
조화의 꿈을 주듯이 …

우리는 생존하고 있지만
언제까지 수수께끼를 풀지
삶이란 고로 기적일 뿐
자신의 분노 조절을
얼음 녹이듯이 삭히고 살라

꽃바람 그네 타고 오는 님

봄의 빈자리에 환몽의 눈
산수유 매화 벚꽃 들의
팝콘들이 화들짝 터지니
강산에는 인산인해가
인꽃人花으로 비접한
만산萬山이 되어 가네그려

너도나도 얼씨구 절씨구
저절로 꽃샘에
나비춤만 덩실덩실 추는구나

꽃바람이 불어올 때마다
님의 피리 소리는
가슴 두근두근한 설렘은
그리운 그대 생각에
잠 못 이루는 춘몽으로
화냥년들만 비몽사몽이로구나

바람의 파라다이스

맞바람은 가슴이 없는
춤사위의 황홀한 날개
사랑의 애무를 할 때

사유의 창窓 속을
거미줄로 엮듯 낚시질하다가
바람에 발작을 일으키면
속수무책이지만 …

청맹과니가 매듭이 풀리면
사유의 바다 위에
등대가 수면 위에 잠길 때
온~ 누리는 평화가 온다

풍경소리

마음에 평화를 주는 풍경소리가
자연이 빚어낸 우화 속으로
신금宸襟의 나래를 치니
내 ~ 안의 번뇌가 심화가 되어
회한의 벼랑 끝에 선 자들을
미련 없이 훌훌 털고서
본향으로 가서 살다 가라 하네

파노라마 속에 님의 얼굴들이
해바라기로 떠오를 때
창문을 열면 미풍이 들어오고
마음을 열면 사랑의 꽃으로 핀다

우리가 숨을 쉬는 그날까지
꿈을 가꾸면서 살라 하니
언젠가 세상의 끝자락에
마주 서서 기대고 있는
자신들의 뒤를 돌아보리라
해탈의 풍경소리가 무아지경의
경지로 파노라마를 칠 테니까.

*➤ 시-낭송으로 『유튜브 방송』이 되고 있음

건어 乾魚

담장에 누워있는 건어가
파란 두 눈에 불을 켜고서
목마른 분노를 한다

빨랫줄에 목메인 건어가
분노 조절을 못 하는
눈알은 아옹다옹하는데

부둣가에는
비릿한 생선들 사활을 걸고
고양이는
사냥감을 노려보고 있는데
바닷가에는
만선의 깃발이 노래할 때
갈매기는
춤추며 풍어를 노래한다

바닷가 몽돌 여신

바닷가 포말의 구름 속에서
조각가 파도가 소곤소곤
잡곡을 씻는 몽돌들은
귀신이 씻나락 까먹는
영혼의 분신 그대와 나는

서로가 부싯돌이 되어서
각을 깎아 내고 다듬어
붉고 파란 형형 색깔의
조약돌은 천연 보석이 되어
미美를 자랑하는 혼불로
바다의 여신이 되었구나 ~

바닷가 포말泡沫과 함께
춤을 추며 노래하는
모래 속의 궁전을 만들고
서로가 몸을 부딪치면서
부활의 축복 달걀 만드는
고해성사하고 있는 걸까?

세월은 구름처럼 흐른다

고적(孤寂)한 인생살이의 세월은
마라톤으로 달려가다가 보면
지친 숨결도 속도에 맞춰 가지만…
나에게
지난 세월을 다시 돌려준다면
제비집 같은 둥지를 틀고 싶다

인생이란 고마운 신의 선물인 것을
우리 앞에 남는 시간은 얼마일까?
삶의 쉼터에 앉아서 생각하니
지난날의 희로애락은 꿈인 것을 …

우리는 지금은
뒤돌아 갈 수 없는 길로만 가고 있다
그것이 바로 인생의 종착역이지만 …

그것도 빨리 가나 늦게 가나 종착은
하나인 반딧불이로 사라지므로
인생의 삶이란 것은 정답이 없지만 …
심청하달心淸事達로 살라 하네그려

삶의 풍차

인간 띠를 엮듯 열차가 꼬리 물고서
산등성이 휘돌아 역이 바뀔 때마다
간이역의 교착점에서 이별이라는
허탈한 가슴으로 허공만 바라보면서

삶의 여로가 윤활유로 되새김질하듯
질곡의 강 그네를 타고 가는 마술사
긴~ 여운을 긋고 파노라마 펼쳐지는
세상사 노을 좌표로 팽이를 치면서
채찍을 많이 할수록 잘 돌아가듯
세상사는 희로애락의 둥지 속에
성체 안의 비밀로 하나가 되듯
하얀 깃발 억새 춤으로 출렁거리듯이 ~

고요가 침묵을 뭉갠 천하의 묵언수행도
인연의 고리도 순풍에 돛을 달고
인향만리人香萬里를 향해서
사랑을 산소처럼 공유하는 님들처럼~
천년의 그리움을 가슴에 품고 가듯
서로 호흡을 한다는 게 기적일 뿐이다

한가위의 달빛기도

눈썹달로 만삭의 만월이 되니
천궁의 시녀들 호위 속에
어둠을 걷어내고
금의환향하는 청풍명월로
팔월 한가위를 만들어 주네

너도나도 보름달로 발하기로
눈길의 화신이 되어서
세상에 꿈을 주러 오는 님인가

우리들의 삶의 풍향계도
각자의 소원 달빛 바라기처럼
온~ 세상도 욕심과 편견 없이
모나지 말고 둥글둥글 살라고

세상의 어둠을 걷어내는 수호신
손전등이 되어 미래를 지향하는
밝고 화사한 모습으로
온~ 누리에 빛이 되어줄 소망
우리는 두 손 모아서 기도하세

제3부

섭리와 지혜로 살라

[태국 황실 사원 앞에서]

그리운 옛 친구여

먼~ 산 넘어 실개천에
해빙의 두물머리 봄 손님
가슴에 부풀어 오면
꿈에 잊고 있던 반월 같은
옛 소꿉친구 생각에
가슴만 부풀어 오르는
그리운 옛친구야 ~

세월의 뒤안길에서
나는 외롭고 쓸쓸할 때
우리가 함께 울고 웃던
망향의 옛친구여 ~~~

나는 왜~ 춘몽 속에
지난 세월 잊고 있었던가?
그 이름의 석자는
하늘에 뜨는 샛별처럼
반짝이며 떠오르는
세상에 하나밖에 없는
보석 같은 친구야 ~

행복지수

먼동이 메아리칠 때마다
삶은 새싹을 틔우듯
행복幸福이란 것은
자신의 마음 빛 속에 있다

봄꽃도 시샘하듯 영롱한 미소
꽃샘추위에 떨면서도
봄 향기의 화음은 기쁨조다

인간은 관심과 사랑받기 위해
친화를 갈망하노니
인심 얻는 자가 천하를 얻는다

행복 지수란?
자신의 마음 먹기 달려 있으니
밝은 마음 좋은 생각은
언제나 심신을 위로한다

삶의 길목에서

아침의 햇살이 방긋 웃으니
꽃잎 미소가 수양버들 수염으로
물가에서 수포처럼 일렁이면
물고기가 눈을 뜨고 잠자듯이
삶의 고루함을 달랠 수 있는
영혼 깊은 곳에 향기 되어주는
한~ 떨기의 꽃이 되어서
그대 품 안에 안겨 주고 싶다

시작과 끝이 없는 사랑은
육체보다 영혼이 하나가 되어
삶과 죽음의 경계선에서
고단한 동행자 만나는 것처럼
세상의 주인공은 자신이기에
이웃과 등지지 말고
서로가 소중함을 느낄 때
우리는 하나의 우주별로
소풍 왔다가 사라지는 나그네
천차만별의 빈자리로 가는가?

섭리와 지혜로 살라

마음에 꽃이 피면
미소가 춤춘다
사랑은
나이에 비례를 하지 않지만

혜성처럼 달려와서
봄을 데리고 오는 입춘은
눈 속에서
복수초가 머리를 풀고
방긋 미소를 짓는다

영욕의 세월도
미련 없이 너도 가고
나도 가는 나그네여

청산도 온 누리에
귀천 없이 품고 가는
자투리 인생이여

공수래공수거

일소一笑 일노一怒

*심청사달이여라 ~

* 심청사달(心請事達)⇨ 맑은 마음은 모든 일을 잘, 풀리게 한다는 뜻

향수鄕愁

내 사랑하는 고향 사람들도
단풍같이 물드는 고향
기다림은 그리움이고 그리움이
다시 돌아오지 않는다고 해도

고향의 향수는
내~ 가슴에 머무르고 있다
꿈은 잃어버린다 해도
어깨동무했던 소꿉친구들과
실개천 송사리 떼 몰던 곳

밤하늘에 반딧불이
성근 별로 우주를 떠돌 때
고향의 오두막에서
수박 참외 나누어 먹으며
오손도손 옛이야기로
꽃을 피우던 그 시절
아 ~ 옛날이여
내 고향이 그리워라

마음의 바다

하늘과 바다의 소실점에서
꿈의 날개를 펴고 오는 님처럼
등대의 빛이 반짝거릴 때

우리네의 톱니바퀴 일상도
가로수가 옷을 벗는 단풍길
멀리 잊혀진 그대의
뒷모습은 안개 속으로 멀어지니
꿈~ 이였노라고

내~ 얼굴의 몰골이
세상 풍상을 말해주듯이
밤하늘 별들이 은하수로 쏟아져
마음의 위안을 주는구나

단풍 속에 달빛 그림자만
멀어지는 계절이 뒤돌아오는
그날의 꿈을 가꾸리라

집착과 번뇌

과거가 없는 현재가 없고
현재가 없는
과거는 있을 수 없다

삶과 죽음은
평행선을 달리는데
어둠을 삼키고
떠오르는 태양이여
어울렁더울렁 ~~
울고 웃다가는 노을이여

촛불이 자신을 태워서
빛을 주고 촛농만 남듯이

삶과 죽음은
평행선을 달리지만
부메랑이 되어
자신에게 돼, 돌아온다.

꿈의 산실

풍향계의 바람개비도
바람이 없이 회전하지 못하듯
우정과 사랑도 지인이 있기에
세상도 존재하듯 산다는 것은
인연에 따라서 물이 흐르듯이
세
상
도
바람개비처럼 돌고 돕니다

인생도 안개 속에 피고 지는
나그네~ 일 뿐이니
세월을 공해전만 하지 말고
가다가 힘들면 쉬어 가다
낙조를 보면서 꿈을 주는
영혼을 하나로 합장하여라

처음처럼 살자

삶이란 어설픔의 두려움이
가슴에 콩닥콩닥 뛰는 날

호기심에 나비처럼 눈빛이
별빛처럼 반짝반짝 빛나는
초야에
어떤 일이 벌어질지 몰라
가슴이 바싹바싹 타들어 가는
입을 다문
입술에 순수한 결기가

처음처럼 ~~~
순수한 사랑으로
아련한 꿈이 피워 오르는
추억을 더듬는 것은
그리움의 물망초를
가슴에 담아 본다.

희로애락 喜怒哀樂

삶이란 희극도 비극도 아닌
덕으로 선행을 쌓는 것처럼
희로애락은 사랑의 조건이다
바다가 사물놀이를 하듯
썰물이 있으면
다시 밀물이 다가오듯이
천지조화를 이루는 것처럼

마음 안의 낙원은
멀리 있지 않다는 것을
봄의 숨결로
무지개가 지그시 눈을 감으니
햇살이 나팔을 불자
이 동네 저 동네 숲속에
꿈틀거리는 새 생명들의
환희가 환상으로 환호한다

봄 마중 나온 들꽃들의
향연 속에 산천이 물들어 가니
세상은 화원이 무구舞具하구나

세상을 살다가 보니

살다가 보면 고적한 삶도
가슴 따뜻한 사람이 있듯
믿음이 있는 사람은
주관이 흔들리지 않는다

우리는 다시 돌아올 수 없는
길을 오고 가면서도
천년을 살 것처럼 착각 속에
부귀영화만을 꿈꾸지만
바람같이 가는 세월도
시선의 갈림길에 함정이 있듯
무지개 천당, 다리 건너지만

마음의 눈에는 흠집만 보이고
사랑의 눈으로 보면
세상은 아름답지만 …
세월 앞에는 장사가 없듯
영웅호걸도 절세미인도
요원, 하지 않는 세상은
낙엽처럼 노을처럼 지는 것을~

부평초 같은 인생의 여정

삶의 무한대공간 우주별 속에
꿈을 꾸는 술래잡기를 하면서
천년만년 살 것처럼 노래하며
고대광실의 집을 짓고서
아웅다웅하며 살다가 가는
먼 ~ 이역의 하늘 별빛 아래
삶의 무게도 지쳐서
초월할 수 없는 숙명도
빈~ 수래, 빈손뿐이네~ 그려
인생길도 돌고 또 휘돌아도
현실은 너나들이 제자리에서
팽이로 돌고만 있으니까
나뭇잎 끝의 이슬방울도
아슬아슬한 광대모험뿐으로
지난날의 그리움만 자욱한 채
세월의 구름 베개만, 지고 가듯
생의 끝자락에 선 노을이여
고난의 인동초는 고진 감내로
세파에도 연연하지 않는구나.

신선도 神仙圖

하늘 먹구름도 말갛게 세수하니
신선神仙의 미소도
사랑을 리필refill을 한다면
햇살과 입맞춤을 하며
미소 짓는 해바라기가 되리라

누군가의 등불이 된다면
행복은 주렁주렁 열리리라

우리가 부질없는 세파에도
서로가 인과응보가 된다면
내밀한 그리움 무지개가 되어
축복 속에 신의 가호가 되리라

상징象徵

얼굴은 그 사람의 상징과
동시 신용장의 좌표입니다

사람이 살다가 보면
지옥과 천당 오르내리는
상상의 오로라로
나래를 칠 때마다
꽃바람 살랑살랑
두근두근하는 가슴은
콩닥콩닥 설렘으로
황금알을 낳고
화첩처럼 쌓아 둔
아 ~ 그리움이여 ~~~

하늘 향해 기도하는 것처럼
새로움을 채울 수 있는
슬픔과 환희가 교차 되듯
잠시 숨을 고르며
쉬어가는 나그네로
고독의 강물은 굽어만 간다

생의 도밍고

세상사 살다가 보면
타는 목마름도
단비가 와서
가슴을 적셔주지만

영롱한 눈빛 이슬방울
미소의 꽃으로
나비처럼 꿈꾸는
기다림의 꽃잎이어라

호숫가에 돌을 던지면
파장을 잃듯 ~
말의 씨앗도 파도처럼
세상으로 번져 나가듯
곱고 맑아서 순수한
영혼에 감사하며 살자

언어의 세례

언어로 세례받는 연인이 되면
내~ 안에 씨앗을 남기고 싶다
지난날보다 내일을 향한
새로운 발자국을 남기고 싶다

벽화 속 풍경을 음미하듯
노을 속에 맴도는
그리운 님의 미소가
힐링으로 가슴에 머문다

새가 노래하니 숲도 춤추고
앵무새가 주저리는
한~ 편의 시구詩口 속에
꿈을 가꾸는 시간여행으로

주야장천晝夜長川
님, 생각이 저절로 나니
마중물 눈물로 가슴을 씻네

길을 잃은 나그네
선구자가 남긴
우산 속으로 걷고 있네

해후邂逅

아침에 목덜미의 사이 사이로
수액의 땀방울 윤슬로 뒹군다

물비늘 번지듯 눈물겨운 숨결
마음의 틈새로 번지는 향기여
고뇌의 삭정이로 이별 고하나
안개로 피어나는 풍경소리가
계절 앞에 운명도 메아리치니
황홀경에 눈빛도 젖는다

낙엽의 피멍이 드는 숨소리가
이별 앞에서 석양의 눈동자처럼
아픔을 허공에 메아리를 친다

가을이 연서의 엽서로 띄우는
단풍으로 물들게 하니
퇴색해지는 계절의 상흔도
빈자리에 하얀 옷 꿈을 가꾼다

고깃배의 방랑

고깃배가 바다를 끌어당겨 유영하니
갈매기는 떼를 지어 하늘과 바다에서
무념무상의 경지를 허물어 갑니다

고깃배는 페달을 밟듯이 너울치고
해녀의 가냘픈 숨비소리와 함께
파도가 휘파람을 불 때마다
간헐적으로 귓가에 맴돌 듯이
뱃길은 수평선의 발목을 잡습니다

섬과 섬은 자신의 살갗 둥지는
실핏줄도 허물어지고 깎여서
둥둥 섬으로 둥실둥실 오고 가는
해저의 수평선 연꽃입니다

그대도 떠날 수 없는 연민 때문에
쪽빛 하늘을 보며 날갯짓하는
기러기 떼가 노을 속에 머물 때
파도의 풍차는 이별 노래 부르며
천국의 경지境地로 떠나갑니다

제4부

붉은 와인에 취한 노을은 가고

[호주 시드니에서]

축복祝福

동녘의 태양이 미소를 지으면
마음도 비우고 평화가 오듯
조물주는 청산유수처럼
평온한 삶을 살라고 하지만 …

햇살은 포효하는 부챗살로 번져
심장을 포용하는 들꽃 숙명처럼
바람의 심술에 고개를 떨굴 때
황금과 소금 불금처럼 생각이
아름다우면 마음도 행복해진다

지나고 보면 모두가 그리운 것들
해바라기가 된 삶이라서
세월을 멈춰 달라고 하지만
길지 않은 인생길 쉬어 가다가는

인연에 관심을 잊으면 다툼이 오고
깃발을 흔들면 청춘도 낙조가 없는
생로병사 쾌락은 악의 근원이 되어
삶의 회춘回春도 없는 무풍지대다

꿈은 현재 진행형 중

우주의 섭리에 따라 둥글게
세상을 왔다가 가는 나그네도
자연의 일, 부분뿐이니~
빈 몸으로 왔다가 빈 몸으로
이승과 저승을 헤매다가
풍전등화 되는 갈림길에서
기다림은 만남의 기쁨이오
소통의 문고리는 축복이다

사랑은 영육을 공감하는 분기점
마음 안의 빈자리를 채워 줄
그대가 있다는 것은 홍복 이지만

인연이란 무심천 들꽃들 합창처럼
인생도 하나의 공동체를 어우르듯
함께 공전하는 동행자일 뿐이니
세월이 나를 깨닫게 하는 사유는
무상 속 낙화유수 가던 길 멈추고
서로 붙잡고 매달리고 싶은 아쉬움
공간의 여백에 황혼이 물든 바다다

부재覆載

무주공산에 숨바꼭질하는 무수리들
성좌星座 안에는
칠성의 무지개가 뜨고 지면
사람과 사람 영혼의 끈도
찰나에 모든 인연은 스쳐 가지만

시공에는 무소유의 비늘만
아지랑이로 아롱을 칠 때
마천루는 병풍을 치고
신선들과 속살거리며
별빛과 소꿉장난하는가?

심오한 청산靑山의 숲들도
무소유의 석양이 침묵하니
천둥 번개는 지옥 불에서
무소유의 부재이고 꿈을 낚는
성좌는 온 누리의 시공에서
지나간 추억에 연연하지 않고
현실만을 직시하며 살라 하네

마음의 새가 몽상한다

봄, 바람결로 미소를 보내니
꽃향기도 안부를 전하면서
두, 어깨를 다독일 때마다
마음 안의 내면을 바라보는
신생의 소망 솟대를 보아라

내~ 목숨의 길이는 알 수 없듯
달력을 한 장을 넘긴, 다고
새봄은 오지 않는다

삶이란 비바람이 구름을 가두듯
부와 명예가 아니라
삶의 질을 높이는 인간관계로서
사랑은 보석이지만
연모와 질투 적과 아군도 있다

우리의 인생도 모두 동반자이니
사랑, 재물 아끼지 말고 베풀어라
우리의 소중한 자산은
꿈을 잃지 않는 희망의 깃발이다.

공허에 목을 맨 수행자

고즈넉한 청풍명월 절간의 처마 끝에
목걸이로 목을 맨 물고기 한 마리는
눈을 뜨고 잠을 자면서도
세상 번뇌를 지키는 묵언의 수행자로
바람결을 따라서 여명에 가슴을 치는
풍경소리 산울림으로
무주공산에도 안녕을 기원하는가?

수문장의 물고기는 사명을 위해서
천하가 춘하추동으로 물들어 갈 때
바람 그네를 타고 가는 행렬에서도
잠든 불사조로 눈을 뜨고
죽을 때도 눈을 뜨는 목석으로
세상의 파장을 잡는 주술사다

공허의 하늘에 목걸이를 한 수행자
물고기는 수문장으로 축복 속에서

사시사철 부족한 듯 모자란 듯
사랑과 인내와 연민의 꽃으로
풍경의 사명을 다하는 목석의 수행자다

* ➤ 시-낭송으로『유튜브 방송』이 되고 있음

산전수전 놀이터

마귀의 얄팍한 미소는
미래와 과거를 공생으로
천지를 어지럽히는
주술사일지도 모른다

인생의 노하우knowhow는
산전수전을 겪은 야생화다

인생과 삶은 정답도 없지만 …
치유란 만병통치약도 없고
자신 마음 안에 있는 꽃이다

공생의 공간에서
서로의 마음을 공유할 수 있는
그냥~ 좋은 사람
사랑을 리필(refill) 하는
멋진 세상에
꽃길을 걷는 마음으로
후회 없이 진솔하게 살자 구나.

붉은 와인에 취한 노을은 가고

우리가 산다는 것은
무지갯빛으로 태어나서
와인에 취해 노을로 내려앉듯이
시린 가슴속에서
시간을 지워가는 것은
사랑과 슬픔 속에
사색을 갈무리하는 것이다

우리의 인연이란 무색체로
갈대의 흔들림 속에서
끊임이 없는 발자국을 따라

사랑의 고뇌와 번민과
숫 한 슬픔의 늪도
꿈의 밀어로 돌고 도는 것이다

지난 세월은 꿈이 되고
내일은 등대가 되는
그대의 이름을 부르면서
흠모의 노래 부르리라, 부르리라.

* ➤ 시-낭송으로 『유튜브 방송』이 되고 있음

표정 관리

인생의 시작은 표정 관리로
산다는 거 별것도 아니지만
그저 스쳐 가는 인연마다
꽃길만이 있는 게 아니라
땅과 하늘, 바닷길도 있듯

사랑도 슬픔도 이별도
모두가 마음속의 길이다
인품은 마음의 청량제
표정 관리로 표출되지만

넘치지도 부족, 하지도 않는
가변수로 가슴이 떨 때
미소로 손, 잡아 주는 사람이
인생의 상비약이고
사람 팔자는 들쭉날쭉, 하듯
풍경소리처럼~ 구름처럼~
생과 사, 넘나들며 여운 긋는
바람의 풍향계 속의 깃발이다.

동병상련同病相憐

고적孤寂한 삶의 인생길에서
세상사 운명의 귀, 가늠자는

우리가 세상만사 살다가 보면
눈에 티눈의 먼지가 들어가서
아프고 불편을 느끼듯이 …

바다의 조개 속의 가슴안에 붙은
이물질 돌멩이와 공생을 감내하며
키운 것이 진주알로 세상 보배다

서양에서는 딸이 시집을 갈, 때에는
진주를 선물하는 풍습 도가 있는데
딸이 시집살이하다가 속상할 때는

진주처럼 고진 감내로 살다가 보면
좋은 날이 있을 거라는 진리를 주듯
우리는 동병상련이라고 하지 않을까

낙도落島

바다와 하늘이 열리는 해성海星
백련화 구름송이 피어오르고
바다 가운데 까맣게 찍힌 점, 하나
너무 외로워서 감기에 걸렸는가?
파도가 하얀 물거품만 토하는데…
수평선에는 금지선을 그어서
오고 가는 나그네의 발길을 막고
썰물은 만물상, 밀물은 흔적 지우기
마음속에 지워지지 않는 섬 풍광들

백조처럼 군상을 이루는 섬은
파도가 떠밀고 떠밀어 와도
무거워 오지 못하는 애수처럼
물새 떼들만 날아와 위로하듯
발자국만 찍어서 수를 놓는데
갈매기가 하얀 알을 낳아놓고
어서 오라고 날갯짓을 해도
반짝이는 별빛만을 바라볼 뿐
삶의 꿈 수채화 그림만 그리네

고향 생각

인간이 정이란 걸 숙성 시키면
구수하고 달콤한 사랑이 된다

사랑도 가슴에 품어서 보아야
그 ~ 향기를 알 수 있고
저수지도 수문을 열어야만
가뭄에 해갈의 촉진을 준다

섭리란 것은 오직 삼라만상도
마음을 열어야 정이 흐르며
서로 만나고 헤어지듯 탈바꿈하니
가슴을 스쳐 가는 게 인연인 것을

초원에 꽃이 피면 향기를 주고
뻐꾸기가 울면 고향이 생각난다

영혼이 구름 위에 꽃이 필 때
행복도 찾아오고 사랑도 꿈도
우주 만상도 축복의 평화가 온다

인생이란

하나뿐인 잇몸
관
대
한
가슴을 열고
이웃을 사랑하여라

인생은
털어도 먼지 하나
남
기
지
못하고 가니
탐욕을 버려라

기도 祈禱

개는 주인만 바라보고 살지만
천주교인은 예수를
불자는 석가모니의
주신主神만을 바라보며
가슴에 품고 있는 소원과
영혼을 위탁하면서

지금 무얼 갈망하고 있는지~
전생의 업보를 지고 가는
묵상 속에 주술을 엮어가는
수수께끼 열쇠를 풀어야 할
자문답自問答을 하면서 …

자신의 주신主神을 섬기는
태양만을 바라보면서
신神의 계시를 받는
기도 속에 영육이 일치되는
신앙인으로
천상에 살게 하여 주옵소서 ~

소소한 그리움

자연의 순리 속에
끝도 시작도 없는 인생길에
서
로
어깨를 기대며 갈 수 있다면
행복이 아닐까?
세상에 태어난 길은 다르지만
만남과 헤어짐의 인연은 굴레
대자연의 현상이다.

마음의 창문을 열면
행복이 오고
마음의 창문을 닫으면
불행이 온다

세월의 포로가 되지 말고
주인공이 되어서
고뇌에 비켜 간 사랑도
깨닫게 해주는 것만이
지혜란 해답이 되리라.

열대야와의 전쟁

여름밤 열대야의 비지땀
포도송이 주렁주렁 열리는
생채기의 지느러미가 된
점령군은 대상포진으로
바다의 쓰나미로 출렁이니

흡혈귀가 비지땀을 쏟아 내듯
피비린내 나는 전쟁놀이로
나이테 속살에 경고음 주는
그대는 냉장고의 속울음처럼
허탈한 탈수로 넋을 잃는가?

인간의 고막에 물집이 나듯
피의 축제를 즐기려 하는
여름밤의 몽달귀신 모기도
옹알이하는 광란의 질주로
영육靈肉만 상처가 깊어가는

인간 목울대는 사즉생死卽生
사생死生 결투하는 전장에서
자물쇠를 채우고 헌혈을 한다

가는 세월 누가 막으리오

가는 세월을 누가 막아오리까 만
우리가 함께하는 동행 아름답다
좋은 사람의 미소를 보기만 해도
가슴이 뛰고 심장이 울렁거린다.

하늘과 바다의 거품 비늘처럼
남의 허물을 포용할 수 있는
따뜻한 가슴이 되기를 …
작금의 시작이 진리와 길이다
윤회의 소풍 길에서 서면
어우렁더우렁 미련 없이
한세상 살아가듯 더불어 즐기듯

인명은 재천이라고들 했었던가?
부질없는 하루살이로
이승의 미련보다는 내세에 현명한
삶을 지향하며 즐겁고 유익한
여로의 여백에 살아 숨 쉬는 그날까지
천국을 담아가는 천상화 그릴 때는
조화의 여신과 동행은 참아름답다.

미소 꽃을 피우며 살라

우린 어디서 왔다가 어디로 가는가?
빛의 그림자 따라서 이정표가 되듯
나무들도 숲속에서 공생하며
서로가 기대어 살고 있듯이
삶이라는 것은 어울림인 것을… !
인생은 두 발로 걸을 때까지는
천리향을 품고 꿈을 가꾸어라
행운의 여신女神을 위해서는
미래를 준비하면서 살라
칠성 무지개는 춘몽이며
자살폭탄은 쪽박의 산물이고
행복은 자신의 마음속에 있으니
황금이 인간 노예가 되기보다는
청념과 정직한 삶을 살라 하네
마음이 평온하면 미래도 밝고
세상도 꽃이 피듯 아름다우니
이웃 사랑과 칭찬은 축복이 되고
고래도 칭찬받으면 묘기를 부린다

상념이 머문 자리

이명이 들려오는 상념 머문 자리
억겁 담금질로 속살을 내, 보이듯

석양이 산마루에 넘어가니
별들이 숲속의
나뭇가지에 내려앉을 때는
어미 새가 둥지 속에서
새끼에게 자장가를 부르는데

바다에 먹 방울 고적한 섬들은
조약돌과 소곤, 소곤거릴 때
파도가 교향곡을 부를 때마다
석양빛 노을은
윤회의 끈을 놓치지 않으려고
환몽幻夢을 꿈꾸고 있다

바람은 형체가 없어 볼 수 없으나
사물과 부딪히는 것이 목소리다
바람은 색깔이 없어도
찬바람 매운바람 따뜻한 바람이란
형이상학적形而上學的이다

제5부

그리움의 쉼표 하나

[뉴질랜드 설산 항포구에서]

세상의 창窓

아침에 뜨는 새, 창을 여는
까치의 우짖는 소리는
아름다운 청량제입니다

심산의 옹달샘 물도 흐른 만큼
다시 채워지는 것 순리인 것을

인격자는 자신의 욕망을
스스로 자제를 할 줄 알고
남에게
피해를 주지 않는 사람이다

행복은 자신의 마음 안에 있고
천국은 자신의 가슴 안에 있다

기다림은 상대와 자석의 창이요
이별은 쪽박을 깨는 것이며
그리움은 상사병인 것처럼
사진기는 거짓말을 하지 않는다

마음 안의 디딤돌

마음의 안에 간직한 디딤돌도
삶의 여정 속에 꿈꾸는
세월도 무심천으로 흐르면
영혼 안에 내재 된 생각들
강물과 바람 아롱대는 메아리도
눈빛만 보아도 소통 화음이 되는
세상도 끝없이 공전하고 있는
소우주를 품고 묵언 수행할 때
마음이 가는 곳에 몸도 가니
누군가의 눈과 귀가 되는
등불이 된다면 지혜롭게 살라

오늘의 고진 감내는
내일이란 희망이 있기 때문이다
행복이 주렁주렁 열릴 수만 있다면
내밀한 그리움의 화신이 되어
천리향 같은 그리움으로
햇살과 입맞춤하는
해바라기로 미소 지으리라

미몽迷夢

천국의 무릉도원이라는
산등성이를 휘몰아서
불꽃으로 타오르는 봄날이여

그대의 가슴에 핀 모란처럼 ~
몽글몽글한 미몽으로
언제나 가슴을 두드리는
순애보의 연가처럼 ~~~
그대와 나, 손을 맞잡고
꽃구름처럼 날고 싶다네.

그대와 나는 영혼의 순례자
축복의 시공時空에서
견우와 직녀로 만나
하늘그네를 타고서
쌍두마차로 키스를 하며
꽃구름 위로 날고 싶다네.

오늘 밤 몽환의 무대는

당신과 나, 뜨거운 사랑

애모의 횃불로 승화하리라

* ➤ 시-낭송으로 『유튜브 방송』이 되고 있음

수구초심首丘初心

물고기는 잠을 잘 때도
눈을 뜨고 잠을 자지만 …
목이 낚시에 걸리는 것은
먹잇감만 보기 때문이다

사람은 영혼을 팔아서
악마를 만들 수 없는 것은
바람이 함께 가자고
등, 뒤를 떠밀어도
구름이 함께 떠나자고
손, 발짓을 해도
하늘이 천상으로 올라오라고
사다리를 보내어 주어도
자연의 풍경소리만 들으면서

그냥 묵묵히 웃으며
앞에만 보고서 갈 때
아침햇살로 방긋 웃는
붉은 입술로 입맞춤하리라

* ➤ 시-낭송으로 『유튜브 방송』이 되고 있음

진리의 쉼터에는

삶의 쉼터에 공전하는 깨달음
시작도 끝도 없는 진리
서로의 가슴에 그리움의
꽃이 피고 지는 것이니
가다가 넘어지면 다시
일어나서 칠전팔기하지 않는가
천진난만한 아이들도
부모님 행동을 보며 자라면서
닮아서 가고 있는데
아이의 상처는 오래 지속, 되도
괜찮다고는 하지만 …… ……
아픈 가슴앓이를 하는
아이의 마음 안에 디딤돌이 되는
부모의 따뜻함의 선정이
삶의 소중함의 교훈이 되어서
긍정은 긍정을 낳는 천륜인 것을
마음 안의 디딤돌이 되는
영혼의 본향을 병들지 않게 하라

.

인연의 둥지

그대와 나는
하늘이 맺어준 억겁
동선의 시선으로
가슴을 열고서
서로가 바라볼 수 있는
날개를 달고
사뿐히 나래를 치면서

언제나
서로서로 감싸주며
소중하게 아껴주고
변함없는 마음으로

영원한 안식을 찾는
둥근 식탁에 마주 앉아서
옛이야기로
꽃을 피워가면서
영원한
안식의 동반자이기를~

그리움의 쉼표하나

쪽빛 창공에 그리움
솟대 위에는
기러기가 앉아서
참선으로 기도할 때
동구박 언덕에서는
천사를 향해서
가슴만 애태우는가?

뒤돌아보면 지난날
까마득한 절벽에서
숨~ 가쁘게 뛰었던
고단했던 파도의 삶도

망부석이 되어
천궁을 향해서
쉼표하나를 찍는
손짓만 하는가?

과유불급*

이 세상의 모든, 유물留物들
썩은 과일은 도려내면 되지만
미운 사람은 만나지 않으면
그~ 영상은 소멸이 되느니라

남을 비판하는 자는
자신에게 비수가 되돌아오니
자신의 잣대로
남을 재단하지 말라

과유불급過猶不及처럼
넘치는 것보다는
모자라는 것이 더, 애틋하다

들꽃은 있는 듯 없는 듯 잊은 듯
자신을 스스로 드러내지도 않고
아름답다고도 말하지는 않는다

세상에 기쁨이 가득한 접시꽃처럼

하늘을 보고 땅을 보며

가슴이 활짝 웃는 하루가 되기를

* 과유불급(過猶不及) ➤ 정도가 지나침은 미치지 못한 것과 같음

교감과 순종의 사이

천주의 섭리에 따라서 삶의 터전도
베두인은 불모지 사막의 철인으로
낙타와 교감과 순종의 사이는
천생연분의 길동무, 지간之間으로

낙타는 불모지의 사막 주인들에게
아침에 무릎 끌고 등위에 태우고
저녁에 무릎을 끌고 하차시키지만
긴~ 여로의 모래성 넘나들 때마다
물, 한번 먹고 한, 달을 지탱하는
가슴에 오아시스를 저장하고 산다

삶이란 어울림으로 사색을 하지만
시작은 있으나 끝이 없는 무한대로
모래가 파노라마 치는 세파에 사는
마음 안의 나침판도 문이 열리면서
서로 공생과 타협의 교감으로
세상에 축복의 장이 되는 사바세계
선지자 유랑의 꿀단지 묘약이어라

가상현실을 벗어나라

우주 만상의 아름다운 세상에서
정情 주고 마음 주고 사는 동안
세상의 기적은 우연이 아니라
생로병사의 평범한 진리 무탈이며
세상사 조화롭게 살다가
바람처럼 떠나가는 나그네들
상호 간에 자아의 뒤를 돌아보면서

한편의 조화된 시구詩口처럼
소소한 밤하늘에 별빛으로
초롱초롱하게 천궁에 살게 하소서

인간사의 환희와 감동을 주고받는
가슴 속에 뭉클하게 머무는 지순한
사랑, 춘몽의 가상현실을 벗어나면
천재도 덕이 없으면 무용지물이다

기상이 넘치는 비룡이 물줄기 뿜듯
뚝심 있는 자아 군무는 아름다우니
희대의 역동적인 시간여행을 해보라

산전수전

햇살이 방끗 웃으며 노래를 하니
바람의 날개가 펼치듯이
인생도 기적에 살고지고 하지만
착각과 교만에 빠지지 않고
후회 없는 삶을 살고지고 하라

고목에 꽃이 필, 날이 올까마는
사랑을 공기처럼 공유하고 살라
깃발이 천궁에 펄럭이던
뛰는 놈 위에 나는 놈이 있지만
영웅호걸도 백전노장도
노화현상은 생명의 지렛대이니
사랑을 공기처럼 공유하며 살라

자벌레는 서두르지 않고 천천히
한땀 한땀 새길을 뛰어가며
설렘과 꿈을 가꾸어가듯이
인생의 그림자를 밟고 가는
낙화의 꽃은 눈물도 없는
나그네처럼 살고지고 가는 거다

인생은 연장전이 없다

부모는 전생의 수호신으로
아침햇살의 조명처럼 퍼즐 맞추듯
산마루에 걸친 나목의 산장은
적군의 칼바람, 내~ 목젖 겨눌 때
산장의 휘파람이 호통을 치니
심장은 고뇌의 진공 속에서
천년을 잠재우듯 심전도는
세상에서 가장 큰 목구멍이다

삶의 생존경쟁에서 럭비공처럼~
언제 어디로 튈지 모르지만
꿈이 있는 곳에는
언제나 상생의 길이 열려 있다

긴~ 그림자만 등을 넘고 가니
숨, 쉬는 순간순간마다
치유治癒의 기적이 떨림으로
아픔을 토설하듯이
잘못 뉘우치는 건 수치가 아니니
삶의 파편들도 이별을 고하노라.

내 사랑 천상화여

한~ 송이 별의 꽃잎 비너스여
달빛에 미소로 손짓을 하듯
그대의 지순한 사랑도
내 가슴에 심금을 울리니
못, 다한 미련의 밀어는
나에게 꿈을 주는 선구자다

화사한 무지개의 꿈을 가꾸듯
무릉도원의 오작교에서
우리가 만나고 헤어질 때
천사의 오로라가 꽃이 피면
아~ 애련한 사랑 가슴에 품고
영혼을 찬미하며 살고 싶어라
오~ 내 사랑, 천상화여 ~

천사로 미소를 짓는 비너스여
새같이 청아하게 노래하며
꽃구름을 타고서 노를 젓는

천상의 계단을 오를 때마다
천상화 낙원 하늘궁전에서
그네를 타는 순애보는
영생불멸인 사랑의 미로여

그대 목소리 아스라이 들려오는
박동의 숨소리를 음미하는
사랑을 가슴에 품고 싶어라
저녁노을에 젖은 하늘도
고독과 순정과 사랑의 연민도
그대와 영원히 잠들고 싶어라
오~ 내 사랑, 천상화여 ~

가을이 남기고 간 사랑

고독의 계절은 광합성 향기로 피워서
오방색의 온몸을 불태우고 떠날 때는
길을 잃은 사슴의 속울음처럼
미풍이 숨어오는 낙엽 소리에
영혼의 꽃집만 남기고 떠나가는가?

낙엽도 날개의 깃을 접을 때는
눈물의 향기로 날고 싶어라
가슴에 지울 수 없는 그 연민들
그대 생각만 해도 가슴이 뛰는
가을 나그네의 속삭임 속에
허물을 벗는 연서로 꿈을 남기고
그 옛사랑, 그리워 ~ 그리워서
아~ 그대 곁에 영원히 잠들고 싶어라

잠시 시공에 머무는 공감의 떨림으로
생애의 축복을 화답하려고 하는가?
별빛처럼 스치는 그리운 님의 얼굴들
서로의 가슴에 꿈을 담아가는 사랑
가을하늘에 낙엽은 기러기로 떠나네

* ➤ 시-낭송으로 『유튜브 방송』이 되고 있음

홍매화 순정

흰 눈꽃 위 소꿉놀이하던
앵두 같은 젖꼭지가
향기의 암내를 피워서
팝콘처럼 터질 때 ~

달빛으로 적시어 주니
몽환에 취한 봄바람은
나그네가 되어서

그, 님의 문턱에 배달되면
젖멍울도 밤사이 꽃피워서
아침 햇살로 방끗 웃는다

인생이란

하나뿐인 잇몸
관
대
한
가슴을 열고
이웃을 사랑하여라

인생은
털어도 먼지 하나
남
기
지
못하고 가니
탐욕을 버려라

향수鄉愁

내~ 사랑하는 고향 사람들도
단풍같이 물드는 고향하늘
기다림은 그리움이고
그리움은 꿈이 되어서
다시 돌아오지 않는다고 해도

고향의 향수는
내~ 가슴에 머무르고 있다
꿈은 잃어버린다 해도
어깨동무했던 소꿉친구들과
실개천 송사리 떼 몰던 곳

밤하늘 반딧불이가 수놓듯
별로 성글게 우주를 떠돌 때
고향의 오두막집에서
수박 참외 나누어 먹으며
오손도손 옛이야기로
꽃을 피우던 그때 그 시절도
아~ 옛날이여
내~ 고향이 그리워 그리워라

고독은 감옥이다

자신의 주변 사람들은 모두가
곧, 분신이고 동행자다
인간사회에서
독불장군은 적이 많고 외롭다

인간은 마음먹기에 따라서
한순간에 천국과 지옥에 가듯
삶이란 요행도 없고
요원하지도 않기 때문에
사
랑
도
영원한 파라다이스가 아니므로
생존경쟁의 사회에서는
고독이란 감옥일 뿐이지만 …!
그렇다고 자신의 마음을 스스로
옥죄는 것은 자살 행위일 뿐이니
참선으로 마음을 다스리는
광명의 빛을 찾아라.

황혼 멍에 지고 가는 나그네

여명이 홍조 띤 햇살 아래
흰 서리꽃 핀 나그네가
석양의 달빛 따라서 윤슬만
까르르 웃으며 반짝인다

삶의 무게는 향수에 잠들고
억겁의 세월은
굴곡진 골짜기마다
조락의 피안만 서성이며
태산의 속담, 풀지 못한 채

달빛만 유랑하는 심연은
메마른 입술만 적시며
적막강산만 가슴 태운다

낙조에 타는 황홀함도
사색에 적셔진 수평선
파도가 포말로 남기고
노을 자락만 움켜쥐고
멍에만 지고 가는 황혼이여

오매불망의 부모님

자나 깨나 잊지 못하는 소자는
고요가 어둠의 길을 떠나가듯
그림자가 드리워진 창가에 살며시
내려앉는 바람에 나부끼게 되는

텅 빈~ 가슴에는
부모님을 그리움으로 일렁이는
지난날 많은 생각에 사로잡힐 때마다
그 인자하신 부모님 눈빛으로
나를 토닥토닥 달래어 주시던
그 따뜻한 손길이 그리워 웁니다

우화 속에 피는 시조계가 된
부모님이 생각날 때마다 ^^
내~ 서재에 계신 부모님의 사진을 보고
조석으로 인사만 드릴 뿐 ~
왜, 부모님 살아생전에 효도 못 하고
나 이제 인생의 끝자락에서
천국에 계신 부모님께 화살기도로
영생 복락만 기원을 드립니다

✖『속담에 검은 머리 짐승은 거두지 마라』고 선인들이 말, 했지만, 그와 반대로 보면『가족의 치부를 드러내지 말라』는 말도 있는데~ 그러나 본 작가는 후세의 자손들과 독자들에게 교훈이 되어 저희, 가족과 같은 불행이 재현되지 않기를 바랍니다.

우리 가문은 김해김씨로 조선조에서 우의정 號=甲捧 金宇抗(金海金氏 京派 參判公波)의 후손으로 고조부 金義植(종2품 가선대부) 증조부 金顯益(정3품 통정대부. 전의감 주부역) 조부 김용배의 장남. 농부인 부 金鐘昭 + 모 朴德順의 슬하에 4남 2녀 중 장남 김보태. 저는 차남으로 부모님 총애를 받아 서울로 고교 진학하면서 객지 생활을 시작 후 공직생활로 전전하던 중에 부친(61세)께서 일찍 별세하셨으나 장남만, 부모님의 은혜를 받았으나 저를 비롯하여 나머지 형제들 모두가 부모님, 한 테 수저 한, 개도 재산을 받은 바 없어도 큰집을 위해 많은 도움을 주었는데도 인간 말종인 장남『김보태』는 형제들을 외면하고 농부가 농사일도 저버리고 매일 도박으로 소일하여 가산이 무너져서 나는 남동생들은 취직시켜 주고 또, 결혼식도 올려주었는데도 장남【김보태＊국졸】은 불, 구경만 하면서 부모님 유산에 대해서도 형제들에게 상의도 없이 부친 별세別世를 하시자마자, 마치 기다렸던 것처럼 충남 서천군 장항 읍내에 가서 낮에는 다방 종업원들과 놀다가 밤만 되면 도박장에 가서 돈을 잃자 선친의 논과 내가 월남 파병 시 봉급 전액을 부친께 송금한 돈으로 매입한 논, 9마지기까지 도박으로 날리고도 모자라 부친이 생전에 소중히 아끼던 선산 5,000여 평 중 고조부모님과 증조모님의 산소 자리 100평과 부친 산소 자리 100평만을 남기고 도박 빚으로 선산을 날리고도 모자라 그 후 2차에 부친이 매장된 산소 자리의 땅, 100평을 또 도박으로 날린 후 부친 산소를 김해김씨 대종중 선산에 몰래 매장한 것을 인지한 종친 조카들이 나에게 항의하여 나는 부랴부랴 산 100평을 매입한 후 부친 산소를 이장하였는데도 죄의 식도 못 느끼는 파렴치한 인간의 말로는 탕자. 장남『김보태』는 우리 가문을 능멸하고도 도박에 미쳐서 오도 바이를 타고 장항장터로 가는 길목 방향의 철길건널목을 건너다가 기차로 치어서 개죽음을 당한 후 부모님의 유산이 남은 건 작은 텃밭, 밭떼기 3곳, 뿐으로 남은 가족의 생계가 막연하나 무능한 형수『김순의＊문맹자』는 돈을 벌 능력이 전혀 없어 자녀는 4명〔중학생 질녀 2명과 초등생인 장질, 질녀〕의 생계비가 막연하고 학비도 없는 처지이다 보니 어머니가 동네 구멍가게(한문과 한글 글씨를 잘 쓰시는 어머님은 외상장부도 만들어 잘 관리하고 있었 음)를 해서 생계를 유지로 난관을 극복하시면서, 어머님은 저를 보고 울면서『애비』가 아니면 종손 모두를 고아원으로 보내야 할 처지이니 『애비』가 제발 나를 살려달라고 애원하시어서 저는 장질녀『김연숙』을 나의 대전집으로 데리고 와서 고등학교를 졸업시키고 고향에 있는 조 카들에게는 학비, 생활비를 수시로 모친께 드려서 근근이 장손 집의 생활을 유지케 하였으며 또한 조카딸들 결혼식 때도 아버지를 대신해 서 많은 도움을 주었지만 …!

　나, 역시 공직자로 봉급이 넉넉지 못해서 큰집의 짐을 조금이나마 덜고자 나는 둘째 질녀『김선숙』을 서천여상 졸업과 동시 고향「서천 군청」에 임시직으로 추천하여 취직을 시킨 후 정식 공무원이 되어 생 활 유지가 되니까 올챙이 때에 생각, 못하고 어머님 모시는 걸 짐짝으 로 생각하는 형수와 질녀『김선숙』은 모친의 은공도 무시하고 아들인 내가 있는 목전에서 형수가 어머님을 핀잔하는 것을 보고 형수님! 내 가 없을 때 형수와 조카가 어머님께 얼마나 불경, 하는지도 모르겠다 고 내가 몇 차례나 질타를 한, 바 있고 그 후 나는 모친을 내가 모신 다고 해도 모친은【애비】가 없는 장손들을 지켜야 한다고, 거절하시어

나는 할 수 없어 휴일에 어머님이 쇠족을 하셔서 제가 종종 고향에 가서 모친께 용돈도 드리고, 하룻밤을 같이 보내고 나는 대전에 귀가하곤 했는데~~~

그 후 서천군청에 근무하는『질녀 김선숙』은 탕자의 자식이 아니라 할까 봐, 작은아버지와 고모들도 모르게 우리 부모님의 남은 동산, 부동산을 상의도 없이 불법으로 자신의 어머니【김순의】에게 등기를 이전한 범죄자가 군청 공무원이라니 무법천지가 아닌가 싶었다.

우리 모친은 성격이 조용하시고 말수도 별로 없는 분인데 장남이 죽고 나서 장손만 걱정하시다가 귀천을 하셨지만 ~ 나는 어머님 생존 시 마지막을 보내냈던 그 날은1999년 5월 어머님 89세 때의 어버이날, 고향에 가서 어머님과 함께 하룻밤을 보내고 그 이튼, 날, 오후 나는 대전 집으로 귀가하려는데 어머님이 엉엉 우시면서 이제『애비』를 언제 볼 수 있을지 모르겠다고 하시며 평소답지 않게 서럽게 흐느끼며 목놓아 우셔서 나도 마음이 아파서 자동차를 몰고 대전집에 귀가 시까지 계속 울면서 왔는데~

그 후 5월 19일 밤 9시경 장항읍 거주 동생 3남〔김균태〕가 나에게 전화했을 때, 어머님이 며칠 전,「장항병원」에 오셔서 치료받고 동생 집에서 하룻밤을 주무시고 갈 때 평소 과묵하시던 어머님이 동생에게 대전 형이 생선을 좋아해서 지난번 형이 고향에 왔을 때 주려고 형수에게 돈 2만을 주면서 장에 가면, 갈치를 사서 오라고 해서 가져온 것이 지난번 형이 왔을 때 준 갈치보다 크기가 좀 작다고 했더니〔형수 김순의〕했더니 어머니에게 그럼 내가 돈을 떼어 먹어나요. 하면서 손녀딸〔김선숙〕이와 함께 고래고래 소리를 지르는 등 언어, 폭력을 당해 너무 속상해서 밥도 굶고 형수와 서로 대화도 끊고 혼자 방에서 칩거했는데 몸이 아파서 오늘 병원 오셨다고 하시면서 하룻밤을 주무시고 본

가로 귀가를 하셨는데 ~

　오늘 아침에 어머님이 화장실에서 넘어져서 지금 편찮하시다고 큰집에서 연락이 왔고 하길래~ 나는 곧바로 큰집 형수에게 전화하여 어머님 편찮으시다는데 어떻냐고 하니, 어머님의 방에 누워 계신다고 하여서 형수한테 어머님은 노령인데 손녀가 자가용도 있으니 어머님을 병원에 모시고 가야지~ 그렇게 병석에 계신 노인을 방임하면 되느냐고 힐책하며 내가 지금 바로 옷을 입고 큰집에 가겠다고 하니 형수는 왈, 작은아버지 지금 밤이 늦었으니 내일 오시라고 하길래 노인이 밤새 무슨 일이 생길지 모르니 지금 옷을 입고 바로 출발하겠다고 했더니 그때서야 형수가 어머님 방에 가서 확인하니 어머님은 이미 숨을 거둔 상태임을 확인하게 되는 등 청천벽력 같은 전화를 받는 순간 나는 은혜도 모르는 괴물 같은 형수와 조카딸을 죽이고 싶도록 미웠지만 남이 창피해서 혼자 속울음만 토하고 말았습니다.

　그러나 나는 우리 조상 직계 가문의 고조부까지 유골을 대리석의 납골당納骨堂에 안장하여 후손들에게 경배하도록 했지만, 우리 가문의 인간 말종인 장남 가족은 종말이 되는『검은 머리의 짐승을 거두지 말라』는 속담처럼 끝나지만, 본 작가【김효태】와 3남【김균태】는 베트남 참전한 국가유공자(고엽제)로 국립현충원에 영면할 때 부모님과 상면하고 조국의 수호신이 되는 그날까지 나는 아내도 고등학교 교사로 퇴직한 공무원연금으로 생활을 하는 축복 속에서 행복을 누리리라.

제6부

문학 활동한 이모저모 사진

[시인 김효태*문학상 수여장면]

[베트남 분재사원 ♥ 아내 김중선]

(사)세계문인협회+월간문학세계+시세계=신인문학상+문학상 수여식

"축" 월간『문학세계』신인문학상 수상자

제278회 시 부문
배영순

제278회 시 부문
조마론

제278회 수필 부문
피부호

제278회 소설 부문
신성범

월간 문학세계 [제278회] 신인문학상 수여식
수상자들과 마주 서서 **수여자** 부이사장 **[김효태]**와 인사 장면

부이사장 시인 **김효태** [세계문인협회]가 문학상 수상자들과 맞절하는 장면

문학상 수상자 [시인 배영순]에게 상패 수여하는 장면

수상자『배영순』에게 [금메달]을 목에 걸어주는 장면

시화 전시전에 [웅비 **김효태** 시인] 출전─서울 인사동 한국미술관 기념사진

월간문학세계+계간 시세계 제258기 동기 출판 기념회 사진
[앞, 중앙 사진 부이사장 김효태 시인]

제16회 세계문학상『동화 부분』대상 **송계훈** 시상식
수여자 : 세계문인협회 부이사장 **김효태** 시인

수상자 [**송계훈**]에게 금메달을 목에 걸어주는 장면{수여자 **김효태** 시인}

월간 문학세계+계간 시세계+세계문학상 / 신인상 및 문학상 수여 행사장

월간문학세계 제305회 수상자 제자 [시인 송영미] 축하 기념 가족사진

월간문학세계 제92회 시-신인상 박정옥 권의광 현영길 / 수필 정인형

계간 『시세계』 제67회 신인문학상 수여식 / 수여자 : 부이사장 **김효태** 시인
[시-부분] 김성훈 선지현 이태경 최광선 홍찬성 [동시] 박금자 [시조] 정동현 홍찬성

대전가톨릭문학회 송년미사 / 출판기념회

하나로 선 사상과 문학 작가협회 시상식 시 [시인 김효태] 연사 활동

시와 달빛문학회 시상식 시 [시인 김효태] 축사하는 장면

월간[시사문단] 북한강문학제 문학상*시상식 기념사진

북한강 문학제 시화 전시 및 시상식 회원 기념사진
[사진 앞자리 중앙에 김효태 시인]

후백 황금찬 시인의 예술상 수상 사진 {웅비 김효태 시인}

북한강문학제 시상식*시화전시 [김효태 시인] 축사 장면

시화 전시 [황영애 시인]과 나의 시화 앞에서 기념사진

후백 [황금찬 시인]과 북한강문학제 시상식 기념사진

한미애 시인 + 이정희 시인 + 시-낭송가 김화순 시인과 기념사진

미국 유타주 거주 [이월란] 시인과 북한강문학제 시상식 기념

월간시사문단 풀잎문학상 대상 +수여하는 웅비 **김효태** 시인

✠ 풀잎문학상 수상자➤국립한밭대학교 인문대학장 시인 [김선호] 문학박사
상패 수여자 웅비 [김효태] 시인

월간시사문단 북한강문학제 시상식*시화전 / 춘천 성수여고 국어교사 김영자 시인

(사)한국문학협회 문학상 시상식 기념사진

한국 시-낭송 종합예술원 행복코치. 시*낭송가 김은주 시인

현대계간문학상 수여장 [시인 이현숙 + 시인 수필가 조정숙]과 기념사진

(사) 한국문학협회 문학상 시상식 기념사진

세계문화예술총연합회 봉사단

대한민국 예술문학 세계대상 수상. 기념사진 [한국문화예술신문사 주관]

(사)대한방송언론기자협회 세계참조은인재대상 수상식

세계참조은인재대상 수상 [서양화 국선작가 오후자 시인과 기념사진]

♥배우+모델단장 **임민지** [신문사]경제문화공헌대상 시상식

국립한밭대학교 수통골연가 출판기념회 총장 설동호/인문대학 교수＊회원

국립한밭대학교 수통골 연가 출판기념회 축사하는 웅비 **김효태** 시인

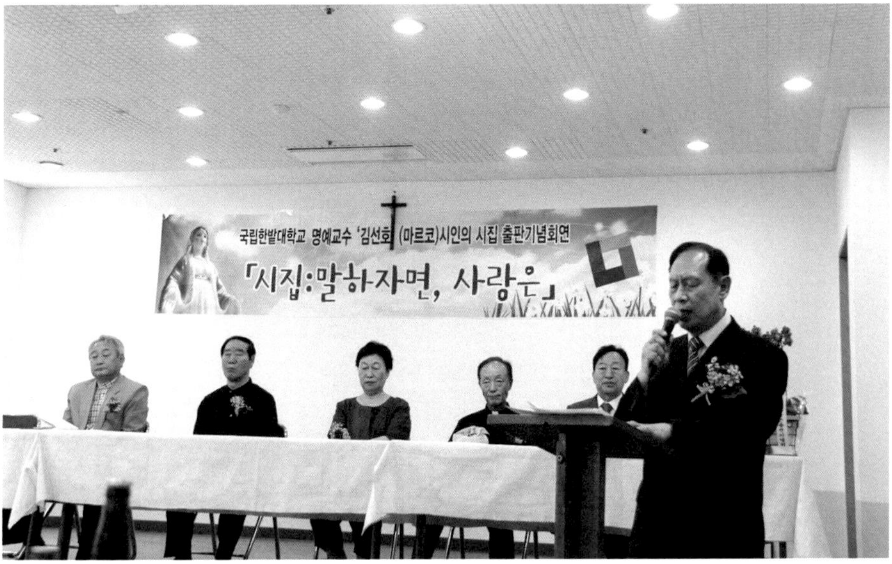

국립한밭대학교 김선호 교수 출판기념회 ✠ 축사하는 웅비 김효태 시인

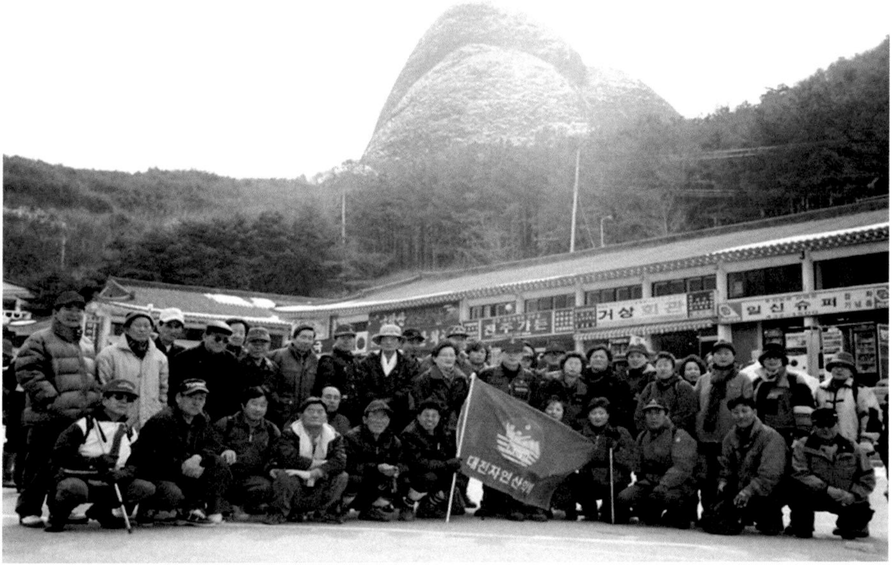

✠ 대전자연산악회 회장 김효태 시인 ✠

대전자연산악회 회의 / 회식과 시상식 장면

대전 카리타스
Caritas Daejon

대전가톨릭사회복지회

[디바*가수와 함께 봉사활동 기념사진]

✠ 대전 노은동 성당 솔로몬대학 무용단 ✠

'99 12

[父 김종소 ♥ 母 박덕순]

고향의 봄

웅비 김효태 시인

충남 서천 금강하구
젖과 꿀이 흐르는
신기마을
마음을 묶은 향수

내 배꼽의 눈망울로
은하수를 뿌린 하늘
바람과 구름 따라서
반짝이는 별빛을 감고서

천년 역사를 추모하는
내 영혼의 꽃집
조상 흠숭 경배하리라

✻ 우리 가문 선산 납골묘+시비 ✻

가상현실을 벗어나라

2024년 6월 1일 제 1판 인쇄 발행

지 은 이 | 김효태
펴 낸 이 | 박종래
펴 낸 곳 | 도서출판 명성서림

등록번호 | 301-2014-013
주　　소 | 04625 서울시 중구 필동로 6(2층·3층)
대표전화 | 02)2277-2800
팩　　스 | 02)2277-8945
이 메 일 | ms8944@chol.com

값 20,000원
ISBN 979-11-93543-75-7